Bouboul Maboul

Évelyne Reberg habite en Côte-d'Or. Professeur de lettres, puis bibliothécaire, elle est auteur de nombreuses histoires pour enfants.

Du même auteur dans Bayard Poche :

Le dragon chanteur (Les belles histoires)
Les crétins punis (Mes premiers J'aime lire)
C'est la vie, Julie ! - *La vieille dame et le fantôme* - *La bibliothèque ensorcelée* - *Crapotin* - *Ma mémé sorcière* - *Le château hanté* - *L'auto fantôme* - *Hurlenfer* - *Bouboul Maboul* - *Le sifflet du diable* - *L'arbre aux secrets* - *Mon copain vampire* (J'aime lire)

Gérard Franquin est né en 1951 à Vitry-sur-Seine. Il commence à travailler en 1968 et s'initie aux métiers d'affichiste, de graphiste et de décorateur dans un atelier. Après les Beaux-Arts, il décide de faire de l'illustration pour les enfants. En 1978, il devient maquettiste à l'Atelier du Père Castor. Indépendant depuis 1984, il partage son temps entre son métier de maquettiste chez Flammarion, l'illustration, la peinture et sa famille.

Quatrième édition

Dépôt légal : septembre 2003
Loi du 16 juillet 1949 sur les publications destinées à la jeunesse.

Bouboul Maboul

Une histoire écrite par Évelyne Reberg
illustrée par Gérard Franquin

J'AIME LIRE
BAYARD POCHE

1
Le motard volant

Eugénie détestait faire ses devoirs du soir. Elle louchait des deux yeux sur son stylo, elle rêvait pendant des heures en regardant par la fenêtre. Puis elle bâclait le tout en cinq minutes en faisant tout faux, et le lendemain, quand mademoiselle Oseille, la maîtresse, lui

rendait son cahier, il y avait partout des « Nul » dans la marge.

Ce soir-là, donc, la pauvre Eugénie soupirait, penchée sur son cahier :

– La barbe ! La barbe ! La barbe !

Soudain, un truc volant miniature pénétra dans sa chambre par la fenêtre ouverte. Il vint rebondir sur le lit, en plein milieu de la couette à carreaux. Une voix aigrelette cria :

– J'arrive !

C'était une moto ! Avec un bonhomme dessus ! Il était petit ! Mais alors, petit ! Eugénie ouvrait à peine la bouche que déjà il se présentait :

– Bouboul Maboul, dépanneur.

Sa voix était si éraillée* qu'à l'entendre, Eugénie eut envie de tousser.

* Une voix éraillée, c'est une voix enrouée.

Quand il enleva son casque de motard, le bout d'homme découvrit sa perruque et sa barbe. Elles étaient noires et luisantes comme si elles étaient passées au cirage.

Il s'inclina :

– Tu m'as appelé, me voilà, dit-il. Mon nom de code est bien « La barbe ! » répété trois fois. Comment l'as-tu trouvé ? Sur le Minitel ?

– Vous pourriez faire attention, rouspéta Eugénie. Votre moto salit ma couette.

– Bon, je vais me garer sur le tapis, dit le bonhomme.

Et la moto s'envola pour atterrir juste sous le nez d'Eugénie, médusée.

2
Le dépanneur de devoirs

Le petit homme coupa les gaz* et déclara :

– Je suis le magicien-dépanneur de devoirs. On m'appelle, et vroum ! par mes rondelles de pneus, j'arrive à domicile. Quel est ton problème ?

* Il arrêta le moteur de sa moto.

Tout cela était si bizarre… Eugénie parvint quand même à articuler d'une voix minuscule :

– J'ai ma conjugaison à faire…

Le bonhomme se frotta les mains :

– Une conjugaison ! Pff ! Je vais te la faire, ta petite conjugaison, et si tu as du calcul, de l'écriture, surtout, profite de l'occasion. C'est gratuit. Pour Bouboul Maboul, tout ça, c'est du pipi de chat.

Eugénie hésitait un peu. Il avait une drôle d'allure, ce petit monsieur, et puis il avait un drôle de nom, même pas sérieux... Elle hésita un peu. Finalement, elle courut chercher trois dictionnaires. Elle les empila sur sa chaise pour que son dépanneur puisse s'installer confortablement.

Ensuite, elle sortit tous les cahiers de son cartable et elle attendit.

Du haut du siège, le petit homme laissa tomber ses bottes, il se lissa la barbe, puis il retroussa ses manches en grognant :

– Allez, ouste ! Laisse-moi.

Eugénie s'écarta, un peu inquiète. De dos, on ne voyait du magicien que ses épaules carrées et ses longs cheveux luisants.

Il se mit à écrire en faisant de grands gestes du bras. Cela faisait « couic, couic ». Oui, sans aucun doute, Eugénie entendait des « couic ». Elle eut peur pour son cahier. Peut-être qu'il le déchirait ?

– Qu'est-ce que c'est que ce bruit ? demanda-t-elle.

– Ce sont mes coudes qui font « couic », dit le magicien. J'ai des rhumatismes. À mon âge, c'est normal.

Il ajouta, en lui jetant un regard comme un coup de fusil :

– Bon ! Tais-toi un peu, que je me concentre. Le verbe « être » au présent, tu crois que c'est facile ? Et maintenant, où est ton calcul ?

Il prit l'autre cahier d'Eugénie et il se pencha sur ses additions. Cette fois-ci, ses orteils s'agitaient dans ses chaussettes trouées.

– Mais… que faites-vous avec vos pieds ?

– Je compte sur mes doigts, comme on me l'a appris, pour les retenues.

– Sur vos doigts ?

– Sur mes doigts de pieds, pardi ! Oh, là, là ! Il y a au moins deux pièges dans cette addition.

Ouf ! C'était fini. Le bonhomme s'épongea le front. Eugénie se précipita pour constater les dégâts. Incroyable ! Tout était propre, net, les traits bien tirés, chaque chiffre était si beau qu'on aurait pu le mettre dans un musée.

– C'est... Oh... c'est... Oh... merci, merci, Monsieur ! dit Eugénie.

3
Eugénie-Maboul

Le dépanneur sauta de sa chaise, rebondit sur le plancher et demanda d'une voix claironnante :

– Mission terminée ?

– Oui, s'exclama joyeusement Eugénie, je n'ai plus que ma récitation à apprendre.

Le bonhomme déclara :

– Donne ton livre, que je l'apprenne à ta place. En deux minutes, ce sera dans la poche.

Il lut avec application :

– *Une fourmi de dix-huit mètres...* dans la poche... *avec un chapeau sur la tête...* dans la poche... *Ça n'existe pas...*

Eugénie sursauta :

– Mais... à quoi ça sert que vous appreniez la récitation à ma place ?

Le petit homme dit avec impatience :

– Je suis venu te dépanner, oui ou non ? J'irai donc à ta place à l'école. Tu n'as qu'à me dire où tu t'assois : premier, deuxième, troisième rang ?

– Dernière chaise en face du tableau, bredouilla Eugénie. Mais que dira mademoiselle Oseille quand elle me verra toute petite et barbue, avec une perruque noire, hein ? Avec un nez comme un concombre ?

– Ah oui, j'avais oublié..., dit le bonhomme.

Alors, en un clin d'œil, il grandit, grossit...

Bref, il devint une fille rousse aux cheveux frisottés.

– Oh ! Mais... c'est moi ! s'écria Eugénie, très intimidée.

– Eugénie-Maboul, dit le magicien en faisant la révérence. À ton service, vingt-quatre heures sur vingt-quatre. Même les jours de congé.

4
Très bien, Eugénie !

Le lendemain, le dépanneur remplaça donc Eugénie à l'école. Tout se passa fort bien, sauf quand il fit entendre ses craquements de coudes.

– Qui est-ce qui joue des castagnettes ? demanda la maîtresse.

– C'est pas des castagnettes, j'ai mes rhumatismes, ronchonna Eugénie-Maboul.

Mademoiselle Oseille s'impatienta :

– Cesse de bouger tes pieds, Eugénie !

– Et pour compter, comment je fais ?

Quand on en arriva aux activités d'éveil, Eugénie, euh... Maboul poussa un énorme bâillement et s'endormit, carrément :

– Ça fait au moins cinquante ans que je sais tout ça, marmonnait-il.

Les jours suivants, Maboul retourna à l'école. Et pendant ce temps, que faisait la vraie Eugénie ? Eh bien, au moment d'aller en classe, elle se cachait. Puis, quand ses parents étaient sortis, elle regardait dix films à la télé.

Le soir, quand Maboul rentrait de classe, vite, Eugénie lui arrachait ses beaux cahiers. Elle courait les montrer à ses parents, qui comptaient ses TB :

– TB en calcul, TB en lecture, TB en dictée, TB en écriture. Affreux en conduite... Hum ! C'est TB, Eugénie !

Ils contemplaient leur fille comme si elle était un magnifique cadeau surprise.

5
Eugénie se méfie

Plus Eugénie avait de TB, plus elle en voulait. Un soir, elle gronda Maboul :

– Comment ? Pour la première fois depuis sept jours, vous ne me rapportez aucun TB en calcul ?

– Pas ma faute, dit Maboul. On a eu une sortie en plein air.

– Que de temps perdu, dit sévèrement Eugénie.

– Hum… hum…, toussota Maboul en la regardant de travers.

Eugénie s'était toujours méfiée du magicien. C'était plus fort qu'elle.

D'abord, comment faire vraiment confiance à quelqu'un qui arrive chaque matin en moto

par la fenêtre, et qui s'appelle Maboul ? D'ailleurs, il travaillait de plus en plus bizarrement, et Eugénie se faisait du souci.

Pour compter, un soir, il se mit à danser le rap.

– Ne faites pas l'andouille, dit sévèrement Eugénie.

– Le rythme, ça aide, répliqua-t-il : 1 et 2, 3 et 4 ! Hé ! Ouap ! L'addition est dans le sac !

Une autre fois, il s'endormit au milieu d'un mot de la récitation : « Une fourmi de dix-huit... »

Pouf ! plus rien.

Eugénie dut secouer Maboul et lui souffler quelques mots pour qu'il se remette à travailler.

Bientôt, il se mit à écrire sa conjugaison non pas sur le cahier, mais dans le vide, devant son nez.

– C'est un tour de magie, disait-il.

En effet, quand Eugénie vérifiait son cahier, le texte y était.

– Et voilà ! Dans la poche ! triomphait Maboul.

N'empêche qu'Eugénie se sentait de plus en plus obligée de surveiller son dépanneur, de relire ses devoirs, de l'asticoter.

Heureusement qu'on était au début de l'année. C'était une période de révisions et Eugénie connaissait un peu le programme...

– Arrête de te pencher sur mon épaule, protestait Maboul. Qui c'est, le spécialiste en devoirs, toi ou moi ?

– Vous ne vous appliquez guère, Monsieur Maboul.

– Cause toujours, j'ai mis mon casque, répondait Maboul.

6
Tout faux, Maboul !

Eugénie n'avait pas tort de s'inquiéter. Dès la troisième semaine, tout se détraqua. Un jour, Maboul s'exerça à recopier sa poésie en dormant, et les pages du cahier se gondolèrent comme des crêtes de dinosaure.

Eugénie dut arracher la page. Elle dut tout réécrire, du premier mot au dernier. Une autre fois Maboul compta 22 + 22 = 2.

– Mais... à quoi pensez-vous ? s'écria Eugénie, rouge de colère. 22 + 22, ça fait... euh... ça fait...

Elle calcula sur son ardoise :

– Ça fait 44 ! Pourquoi dites-vous « 2 » ?

– Je pensais à ma moto, grommela Bouboul. Ses deux roues la démangent et elle a envie de partir. Elle a envie d'autoroutes, et puis elle voudrait faire des circuits dans les flaques d'eau.

En entendant ces mots, Eugénie prit peur. Quoi ? Bouboul Maboul songeait à la quitter ? Elle s'excusa, elle lui déclara qu'il était le plus grand dépanneur du monde et qu'une petite faute par-ci par-là, c'était normal.

Mais le lendemain, catastrophe ! Maboul avait remplacé tous les « b » par des « p ». Par exemple, au lieu de « maman berce le bébé », il avait écrit : « maman perce le pépé ».

– Heureusement que je suis là pour vérifier ! hurla Eugénie. La maîtresse m'aurait punie pour la vie si elle avait lu ça... Monsieur Ma Poule... euh... Maboul, vous êtes un crétin.

– Tiens, dit Bouboul, sans s'émouvoir, ma montre a fait « bip ! ». Tu as entendu ? Un autre client m'appelle. Je dois partir, avec un « p » !

Il appliqua la montre contre son oreille :

– J'entends « La barbe ! La barbe ! La barbe ! Ça vient d'un certain Adrien, rue des Amusettes. J'y vais !

Il mit son casque, enfila ses bottes de motard, enfourcha sa moto et, vroum ! il fonça par la fenêtre avant qu'Eugénie puisse dire un mot.

– Adieu ! cria-t-il.

7
Le champion des magiciens

Eugénie éclata en sanglots :

– Vilain scélérat* sans cœur ! Traître de Maboul ! Il m'a abandonnée, et maintenant les punitions, les zéros vont recommencer !

* Un scélérat, c'est un méchant.

Elle se dirigea lentement vers son bureau pour refaire son devoir lamentable. Quelle surprise ! Sa main courait toute seule. Le devoir était beau, net, bien écrit, parfait. Eugénie embrassa son cahier.

Puis elle s'exclama :

– Ma parole ! Ce Maboul était bien le champion des magiciens. Me voilà devenue un as, comme ça, d'un seul coup.

Quelques jours plus tard, en rangeant son cartable, Eugénie découvrit un minuscule bout de papier plié et replié dix fois.

Elle le déplia et lut :

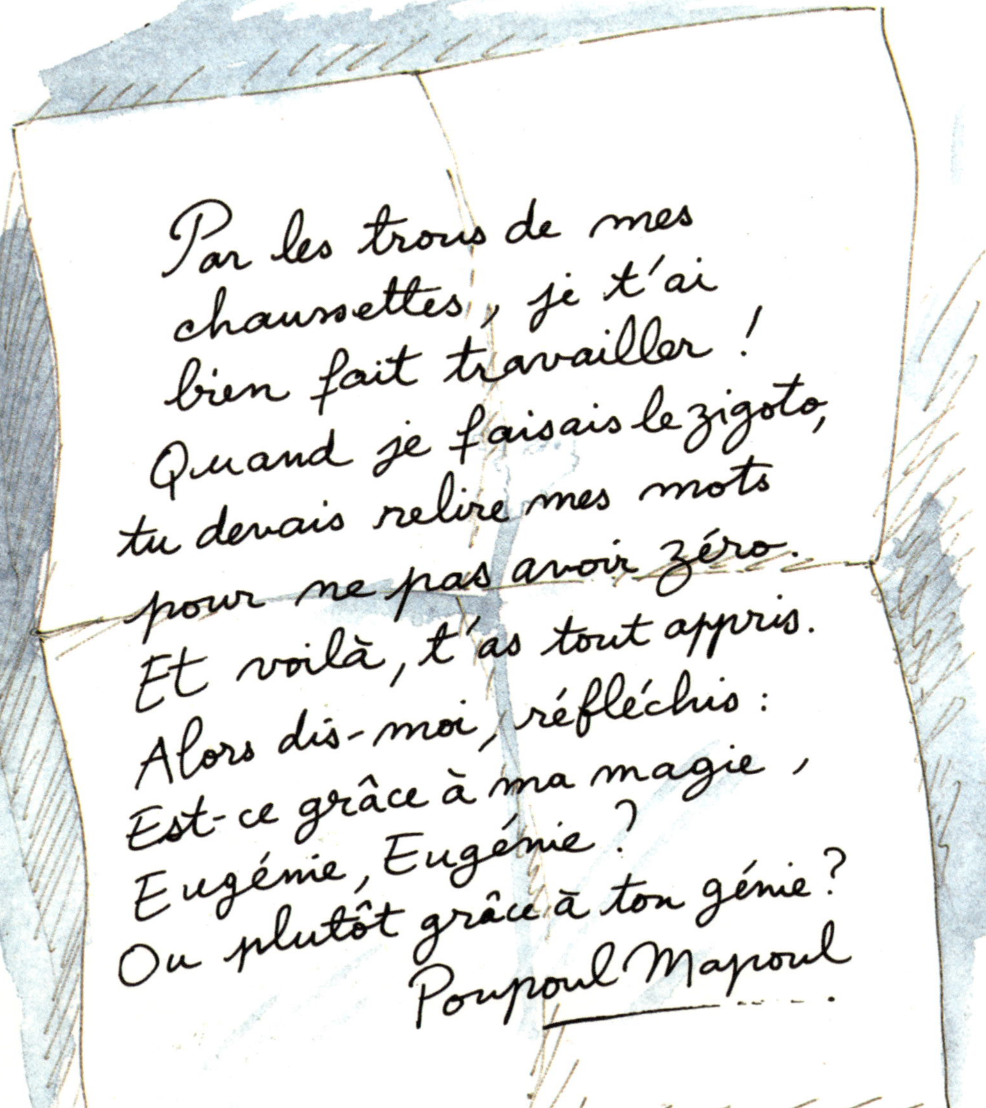

Par les trous de mes
chaussettes, je t'ai
bien fait travailler !
Quand je faisais le zigoto,
tu devais relire mes mots
pour ne pas avoir zéro.
Et voilà, t'as tout appris.
Alors dis-moi, réfléchis :
Est-ce grâce à ma magie,
Eugénie, Eugénie ?
Ou plutôt grâce à ton génie ?
Poupoul Mapoul

– Voyons..., dit Eugénie en fronçant les sourcils. Il ne sait pas son nom ?

Et d'une main ferme, elle corrigea les fautes.

J'AIME LIRE

Les premiers romans à dévorer tout seul

Se faire peur et frissonner de plaisir Rire et sourire avec

des personnages insolites Réfléchir et comprendre la vie de

tous les jours Se lancer dans des aventures pleines de

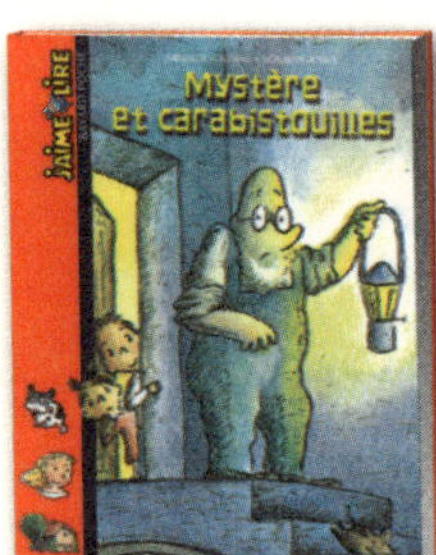

rebondissements Rêver et voyager dans des univers fabuleux

Le drôle de magazine qui donne le goût de lire

- un roman inédit illustré
- des jeux pour s'amuser et être créatif
- la célèbre BD de Tom-Tom et Nana et bien d'autres surprises !

Le 1er magazine des 7-10 ans

Disponible tous les mois chez votre marchand de journaux ou par abonnement.

Princesse Zélina

Plonge-toi dans les aventures de Zélina,
la princesse espiègle du royaume de Noordévie.

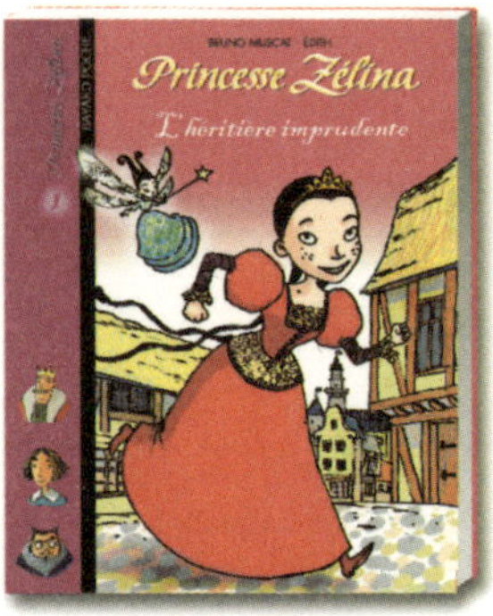

Découvre les plans diaboliques de sa belle-mère qui voudrait l'écarter du trône... et fais la connaissance du beau prince Malik, un précieux allié pour Zélina.

Retrouve Zélina dans *Astrapi*, le grand rendez-vous des 7-11 ans.

Tous les 15 jours chez ton marchand de journaux ou par abonnement.

Maudit Manoir

ans le manoir de Mortelune vit une bande de monstres affreux, méchants et bagarreurs : tu vas les adorer !

Retrouve les héros de Maudit Manoir dans le magazine *Astrapi*.

Achevé d'imprimer en juin 2003 par Oberthur Graphique
35 000 RENNES – N° Impression : 5093
Imprimé en France